DIE QUALIFIZIERUNG ZUM KRIMINALKOCH

Entsprechend unserem optimistischen Menschenbild sind grundsätzlich alle Menschen zu allem fähig. Auch Sie können deshalb ein erfolgreicher Kriminalkoch werden! Ihre Chancen sind größer, als Sie ahnen. Es gibt nämlich keine Konkurrenz. Denn was ein richtiger Dichter ist, der schreibt natürlich keine Kriminalromane.

Die erstklassigen Dichter empfänden ein solches Ansinnen als Zumutung. Hintertreppenliteratur schreiben? Sie plaudern lieber in den Salons, vor dem Kamin.

Die zweitklassigen Dichter möchten natürlich mal erstklassige werden. Das würden sie niemals, schrieben sie Kriminalromane, also lassen sie's lieber gleich.

Die drittklassigen können keine Kriminalromane schreiben. Warum? Ganz einfach, weil sie drittklassig sind. Um einen Kriminalroman zu erfinden, muß man schon erstklassig sein. Die erstklassigen Dichter aber empfänden das als Zumutung usw. usw.

Und jetzt schrecken Sie zurück. Sie sind kein erstklassiger Dichter. Sie fürchten, nie einen Krimi zustande zu bringen. Und deshalb komme ich. Ich will Ihnen helfen.

Ich habe den Meisterköchen von Kriminalgerichten ihre Tricks abgelauscht und biete sie Ihnen in Form leichtverständlicher Rezepturen an. Lesen Sie! Schreiben Sie! Millionen Leser werden es Ihnen danken!

HINTER-
TREPPE
GIFT

WOZU DER KRIMINALKOCH VONNÖTEN IST

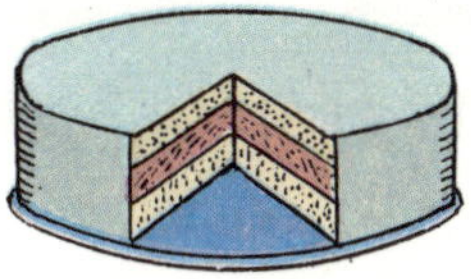

Wer mag Kartoffeln roh?

Wer begnügt sich statt einer Torte mit dem Verzehr ihrer Zutaten – Mehl, Eier, Zucker?

Wer verschlingt einen Salatkopf unzerkleinert und ohne Marinade? Erst die Kochkunst verfeinert die Roheit der Tatsachen. Das ist beim Kriminalkoch nicht anders.

Sähen sich Ihre teuren Leser der Roheit eines wirklichen Mordes gegenüber, sie würden sich entsetzt abwenden. Als ich zum ersten Mal an einer Obduktion teilnahm, drehte es mich weg. Aber schreiben – schreiben kann ich über die schlimmsten Dinge.

Das ist der Unterschied zwischen Wirklichkeit und Literatur. Im Roman verträgt der Leser alles. Er verträgt die blutigsten Tatsachen. Er blickt mit müdem Lächeln auf geplatzte Lippen, gebrochene Nasenbeine, eine durchlöcherte Brust.

Ihre Kochkunst hat die Roheit der Tatsachen gedämpft.

Ob Professoren, Studenten, Raumpflegerinnen, Hausfrauen, Ingenieure, Hausmeister, Kreissekretäre, Zahnärzte, Soldaten, Direktoren – sie alle schätzen, wie sie sagen, am Kriminalroman das Logische. Das ist nur die halbe Wahrheit. Sie lieben auch alle Spielarten des Logischen: das Physio-Logische, das Psycho-Logische, das Patho-Logische, selbst das Techno-Logische des Mordes – wenn nur Ihre Kochkunst das alles gedämpft und genießbar gemacht hat.

Die Roheit der Tatsachen erschreckt. Die Kochkunst des Kriminalkochs erfreut.

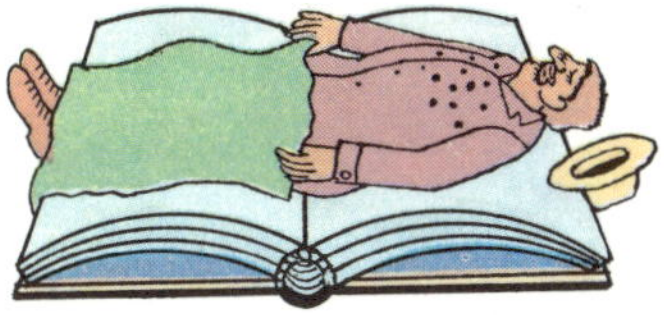

APERITIFS

Der erfahrene Liebhaber geht nicht gleich aufs Ganze.

Er kitzelt diesen oder jenen Körperteil. Das macht neugierig auf mehr.

Der Esser geht auch nicht gleich in die vollen. Er kitzelt zuerst den Gaumen mit einem Aperitif. Das steigert die Lust auf mehr.

Was lernt der Kriminalkoch daraus?

Der Aperitif des Kriminalromans ist der erste Satz. Der muß Appetit machen auf ein opulentes Mahl.

Der Aperitif soll dem Charakter der nachfolgenden Mahlzeit angemessen sein.

Der Aperitif kann prickeln wie Sekt: »Jeanette führte ihr Sektglas zum Mund, aber was sie für Kohlensäure hielt, war leider Blausäure.«

Der Aperitif kann bitterem Wermut gleichen: »Endlich am Ziel, mein Geliebter, dachte Yvonne, als sich Richards Arm um ihren Hals legte – es war ihr letzter Gedanke.«

Der Aperitif darf auch bittersüß sein wie ein Becherovka: »Am liebsten vergrub er seine Opfer unter Rosen, nahm aber, wenn sie nicht zur Verfügung standen, mit Vergißmeinnicht vorlieb.«

Ich verweise auch auf die Möglichkeit eines absolut harten Aperitifs in Whisky-Art: »In der einen Hand hielt er Goethes ›Faust‹ (Ausgabe von 1808), in der anderen Faust das Stilett: ein Mörder aus Büchersammelwut.«

Merke: Der Kriminalkoch, der seinen Lesern den Aperitif vorenthält, läuft Gefahr, daß seine Gäste aufbrechen, ohne gespeist zu haben.

LEO IST DA
MARMELADE
1. KAPITEL
LEO? THEO?
LEO? THEO?

VORSPEISEN

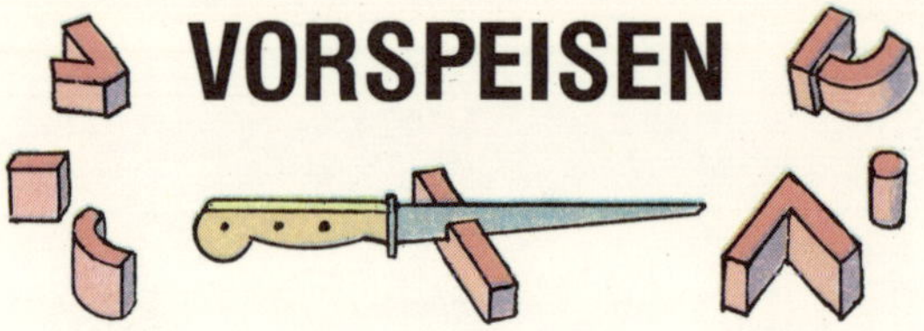

Toast Barbar

Seien Sie erfinderischer als die deutsche Küche.

Mut zur Vorspeise!

Die Vorspeise vollendet, was der Aperitif begann: Vorgeschmack auf das Eigentliche, Sie wissen schon, was.

Als Vorspeise empfehle ich Toast Barbar. Das Herzstück des Toast Barbar ist das Gehackte.

Zerhacken Sie das erste Kapitel Ihres Romans in lauter kleine Stücke. Die rühren Sie durcheinander. Der Mischmasch muß gerade noch als Gehacktes erkennbar sein. Sein Zusammenhang besteht aus dem Zusammenhanglosen:

Eine dicke Frau liegt erstochen auf ihrem Vietnamteppich. Ein Wellensittich plappert fortwährend: »Leo ist da.« Aber kein Leo ist da. Die Westminsteruhr ist um 9.13 Uhr stehengeblieben. Die zertrümmerte Armbanduhr der Toten dagegen zeigt auf 9.11 Uhr. Das Marmeladenglas auf dem Küchentisch ist von VEB OGESÜ produziert worden. Neben dem Marmeladenglas liegt eine tote Fliege. Der Finanzbuchhalter von VEB OGESÜ heißt mit Vornamen Leo.

Ein solches Hackstück regt bereits zu gewissen Schlußfolgerungen an. Der ungeübte Krimileser vermutet aufgrund der Bemerkung des Wellensittichs und der Herkunft des Marmeladenglases in Leo den Täter.

Der geübtere Leser argwöhnt, daß das Rätsel des Falles in der Differenz der zwei Uhren liegen müsse.

Der geschulte Krimileser ahnt, daß der Wellensittich einem Hörfehler unterlegen ist und der noch unbekannte Täter Theo heißen müsse.

Lassen Sie vorläufig alle bei ihrem Glauben.

Krebs-Cocktail

Nehmen Sie sich den Krebs als Beispiel. Angeblich bewegt er sich nur im Rückwärtsgang vorwärts. Der Detektivroman bewegt sich genauso. Er wird von rückwärts her erzählt.

Also: das Ende steht am Anfang. Oder: das Pikanteste zuerst. Das Pikanteste am Kriminalroman ist der Mord. Der gehört ins erste Kapitel.

Sie denken sich eine originelle Geschichte aus, etwa: ein Mann liebt zwei Frauen, seine eigene und eine andere. Die eigene ist älter als die andere. Oder die andere ist älter als die eigene. Das ergibt bereits interessante Konflikte.

Schließlich tötet er die ältere oder jüngere eigene. versteckt sie irgendwo und kriecht bei der älteren oder jüngeren andern unter.

Merken Sie, wie der Plot die Gestalt einer Geschichte annimmt? Nun übergeben Sie die Führung der weiteren Vorgänge der übriggebliebenen Frau. Da sie entweder älter oder jünger als der mörderische Geliebte ist, ergeben sich tiefere psychologische Überlegungen: leidet sie unter einem Vater- oder einem Mutterkomplex?

Je nachdem ergeben sich zwei weitere Möglichkeiten, die Geschichte weiterzuerzählen. Die ältere Geliebte wird, da sie selber unter einem Vaterkomplex leidet, ihrer Mutterrolle überdrüssig. Oder die jüngere Geliebte, die unter einem Mutterkomplex leidet, kann diesen an ihrem älteren Geliebten nicht befriedigen. In jedem der beiden Fälle entledigt sich die Geliebte nun ihres Liebhabers und – – –

Aber ich habe Ihnen wohl schon genug Anregungen für eine Geschichte gegeben.

Sie fangen jetzt einfach an. Und zwar beim Ende. Ein Mann wird in seinem Bett tot aufgefunden, vergiftet.

Es muß unbedingt im Bett sein. Das deutet bereits vorsichtig einen Bettkonflikt an.

Und es muß Gift sein. Das läßt einen Täter weiblichen Geschlechts vermuten.

Vom vergifteten Toten im Bett seiner irgendwo irgendwann versteckten Frau bis zu seiner Mörderin dröseln Sie die Geschichte von rückwärts auf.

So macht man das, im Rückwärtsgang wie der Krebs.

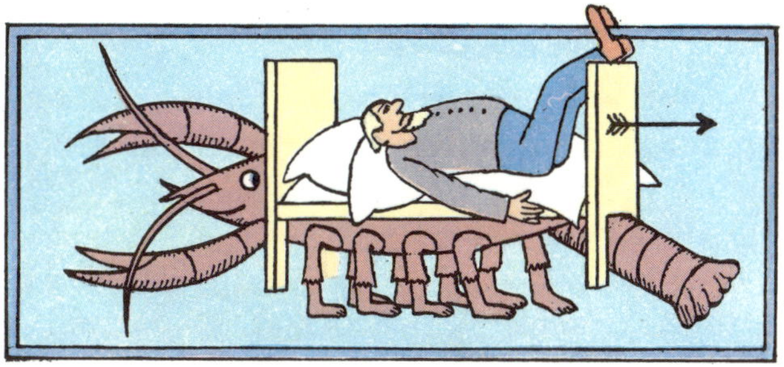

SUPPEN

Taratar

Wer sich am Schwarzmeerstrand von der Sonne rösten ließ, nimmt danach gern zur Abkühlung einen Tarator zu sich – die eiskalte Suppe aus saurer Sahne, Gurke, Kräutern und Knoblauch.

Wer nicht eiskalt die heißesten Dinge erzählen kann, soll überhaupt nichts erzählen. Ich hatte einen Kollegen, der sagte immer: mit Herzblut schreiben. Aber da sein Herzblut niemanden interessierte, ist es im Sand der Gleichgültigkeit versickert.

Herzblut!

Nein, eiskalt servieren. Wie den Tarator.

Ein schlechter Krimikoch liefert lauwarmen Tarator. Das liest sich dann so:

»Der Wald dehnt sich unendlich in die Ferne. Sonnenstrahlen blitzen schelmisch durch die Äste. Meine Frau schiebt ihren Arm in meinen, und untergehakt, schwärmt sie von der Einsamkeit und der Stille dieses Sonntagsspaziergangs. Mir ist bei ihrer Berührung unbehaglich zumute. Wenn sie nun merkt, daß ich mit meinen Gedanken ganz woanders bin und fortwährend darüber nachgrübele, wie ich mich ihrer entledigen könnte, ohne daß man es mir beweisen kann? Aber wie? Wie könnte ich sie töten und ihren Körper so gut verbergen, daß niemand ihn findet?«

Das ist epischer Seelenschmus. Laues Geschwätz. Machen Sie's so: »Glücklicherweise merkt mir meine Frau nicht an, daß ich die Natur gegenwärtig unter etwas andern Gesichtspunkten betrachte als sie. Ich halte Ausschau nach einer geeigneten Stelle, wo ich ihre Leiche für immer verschwinden lassen kann.«

Tarator kalt servieren!

Jägersuppe

Jägersuppe essen die Jäger nach der Jagd. Denn sie wird aus Bestandteilen des erlegten Wildes bereitet, und die hat man ja vor der Jagd noch nicht zur Verfügung.

Sie ahnen schon, worauf ich hinauswill. Ich nehme die Jägersuppe nur zum Anlaß, um mich zur Jagd zu äußern.

Der Kriminalkoch sollte dem Leser immer wieder bewußt machen, daß er ihm mit seiner Jägersuppe einen Ersatz für die Jagd bietet, an der der Leser aus verschiedenen Gründen nicht teilnehmen kann:

1. weil er keiner Jagdgesellschaft angehört,
2. weil er kein Jagdgewehr besitzt,
3. weil er nicht die Nerven dazu hat, ein Jäger zu sein, und
4. weil er eigentlich ganz zufrieden ist, nur in der Phantasie mitzuschießen.

Aber halt, da wäre mir doch beinahe ein Denkfehler unterlaufen. Unsere Kriminalisten schießen doch nicht auf den Täter!

Also ich merke schon, der ganze Vergleich stimmt nicht. Der Täter hat was Schlimmes getan, deshalb wird er verfolgt. Der Rehbock aber hat nichts Schlimmes getan. Er ist lediglich auf die Abschußliste geraten, vielleicht aus Altersgründen.

Hingegen stimmt wieder das Bild der Treibjagd. So wie die Treiber den Ring um Hasen oder Hirsche schließen, schließt die MUK den Ring um den Mörder, immer enger, bis sie ihn hat. Dabei ist es besonders belustigend zu sehen, wie der verfolgte Hase Haken schlägt, aber das nützt ihm ja nichts. Auch dem Täter nützt es nichts. Er wird schließlich doch gestellt.

Glauben Sie bloß nicht, ich spaße. In jedem zweiten Kriminalroman können Sie lesen, daß sich der Kriminalist als Jäger fühlt.

Also genieren Sie sich nicht.

Jägersuppe hat noch immer nichts von ihrer Beliebtheit verloren.

Nudelsuppe

Ob in der Kantine, Mensa oder im trauten Heim, montags gibt's Nudelsuppe.

Mit diesem Brauch sollte auch der Kriminalkoch nicht brechen, sonst erntet er nur Unverständnis.

Er sollte sich dabei streng an die Zutaten halten, die ebenso unverändert feststehen: Knochen-

MUK

brühe, Salz, Nudeln. Statt Brühe ist auch Wasser zulässig.

Also merke: nicht zu üppig! Bescheiden, vorschriftsmäßig, fade, wie solche Nudelsuppen nun mal sind, gestalten Sie auch die Menschen im Kriminalroman, vor allem die Hauptfiguren.

Da wäre zuerst der Täter. Für ihn gibt es bewährte Rezepturen:

1. Er ist ein Einzelkind, das zu sehr verwöhnt wurde und nun auch als Erwachsener glaubt, alle Welt müßte ihn verwöhnen, selbst mit dem Tresorinhalt des zuständigen Postamts
2. Er ist ein Außenseiter. Als solcher hat er merkwürdige Hobbys, beispielsweise die fixe Idee, ein perfektes Verbrechen zu schaffen
3. Er ist kontaktarm. Kontaktschwäche ist ja an sich schon ein halbes Verbrechen, wo wir doch alle so kontaktfreudig sind. Der Weg zum ganzen Verbrechen macht dann nur noch die andere Hälfte aus
4. Er hat perverse Neigungen. Darüber informieren Sie sich bitte in der einschlägigen Literatur
5. Er ist arrogant. Denn in der Annahme des Täters, er würde der Polizei entwischen können, liegt eine ungeheure Verachtung ihrer Intelligenz, was nur als Arroganz zu bezeichnen ist.

Der Kriminalist ist die Gegenfigur zum Täter. Deshalb ist er auch in allem dessen Gegenteil.

Der Kriminalist ist kein Einzelkind. Deshalb hat er sich schon früh einzuordnen gelernt.

Der Kriminalist ist kein Außenseiter, denn er tritt stets im Kollektiv auf. Daß auch er ein merkwürdiges Hobby hat, nämlich jedes Verbrechen aufklären zu wollen, ist keine fixe Idee, er klärt ja tatsächlich jedes Verbrechen auf.

Der Kriminalist ist nicht kontaktarm, sonst könnte er nicht aus so vielen Leuten so viel herausholen, was diese Leute eigentlich gar nicht aus sich herausholen lassen wollen.

Er hat auch höchst normale Neigungen, weil er das moralische Antlitz unserer Gesellschaft verkörpert.

Er ist nicht arrogant, sondern nur selbstsicher.

Aber wie ich sehe, rede ich fortwährend von fünf Zutaten, während doch die Nudelsuppe nur drei braucht. Sie sehen daraus, wie reich und differenziert Ihr Kriminalroman sein kann.

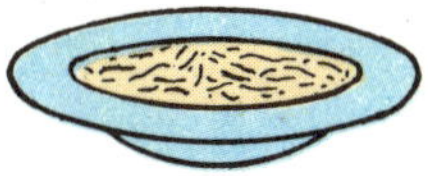

HAUPTGERICHTE

Huhn gekocht, gegrillt, paniert

In einem bestimmten Restaurant in Piestany können Sie täglich Huhn in dreierlei Gestalt speisen: gekocht, gegrillt und paniert.

Das regt zum Nachdenken an. Liegt in dieser Reihenfolge eine Steigerung des Genusses? Aber wieso soll paniertes Huhn besser sein als gegrilltes? Und für den, der zu Diät verurteilt ist, steht sowieso gekochtes an höchster Stelle. Ich jedenfalls kann in dieser Reihenfolge keine Rangordnung entdecken. Es sind verschiedene Arten der Zubereitung.

Auch Ihre Kriminalisten können Sie auf verschiedene Art zubereiten. Die eine muß nicht besser sein als die andere.

Gekochtes Huhn, pur sozusagen, ohne die geringste Raffinesse, das ist der altmodische Detektiv: ein phantasieloser Tatsachenmensch, orthodox und zäh wie ein altes, ausgekochtes Huhn. Einfach nicht kleinzukriegen!

Gegrilltes Huhn, dieses Produkt infraroter Bestrahlung, das ist der neumodische, auf Wissenschaft und Technik eingeschworene, fast schon computerhafte Rechercheur. Allerdings kann die knusprige Haut täuschen. Zu starke Einwirkung von Technik läßt den Menschen leicht verdorren.

Paniertes Huhn sieht schon von außen verlockend aus. Es gleicht dem supermodernen Detektiv, der sich modisch kleidet und zeitgemäße Gewohnheiten hat. Er trägt Bart, schläft gern mit seiner Freundin und hat unkonventionelle Ansichten über sehr konventionelle Dinge.

Suchen Sie sich einen Ihnen genehmen Detektiv aus. Wenn Sie ganz clever sein wollen, vereinen Sie alle drei zu einem Kollektiv. Der Leser kann sich dann aussuchen, welcher ihm am besten schmeckt.

RE-
STAU-
RANT
Gekoch s
Huhn
COMPUTER

Hähnchen provenzalisch

Da wir gerade vom Geflügel sprachen – ich empfehle Ihnen auch Hähnchen auf provenzalische Art.

Es wird zuvor in acht Teile zerlegt.

Sie wissen hoffentlich, wie man das macht. Mit der Geflügelschere? Na, das ist doch selbstverständlich. Aber ich meine nicht, womit, sondern wie?

Sie können doch nicht einfach drauflosschneiden!

Wirklich, Sie brauchen da schon gewisse anatomische Kenntnisse, um die Keulchen fachgerecht aus den Gelenkpfannen herauszulösen.

Auch als Krimikoch dürfen Sie nicht einfach drauflosschreiben.

Da sind ebenfalls einige Kenntnisse vonnöten.

Zum Beispiel müssen Sie wissen, daß ein Oberleutnant mehr ist als ein Unterleutnant, ein Leutnant weniger als ein Oberleutnant, aber wiederum mehr als ein Unterleutnant.

Auch müssen Sie wissen, daß sich die Kriminalisten untereinander mit Genosse anreden.

Und daß es bei uns gar keine Mordkommission gibt. Sie heißt Morduntersuchungskommission.

Und wenn Sie schließlich informiert sind, daß Kohlendioxid kein Heizmaterial, sondern ein im Kriminalroman beliebtes Gift ist, sind Sie schon ganz schön beschlagen.

Daß Hypoglykämie nicht dasselbe wie Hyperglykämie ist, müssen sie allerdings schon nicht mehr wissen, daß weiß der Leser ja ebenfalls nicht. Zum Zerlegen eines Hähnchens wird schließlich auch nicht ein medizinisches Vollstudium gefordert.

Weiße Bohnen mit Speck

Die feine bürgerliche Küche verschmäht dieses Gericht. Es gilt als trivial, weil

- die Zutaten so roh sind,
- die Zubereitung keiner Kunst bedarf und
- nach dem Genuß Blähungen nicht auszuschließen sind.

Die literarischen Feinschmecker tun gut daran, Kriminalgerichte abzulehnen. Denn der Kriminalroman

- beschäftigt sich mit so rohen und schmutzigen Dingen wie Raub, Erpressung, Vergewaltigung, Totschlag und Mord, die keineswegs in die gehobene Literatur gehören. Denn diese beschäftigt sich heutzutage mit den feineren Seelenregungen des entfremdeten Subjekts;
- ist so kunstlos. Er erzählt in logisch altväterlicher Weise Vorgänge, statt sie wie die eigentliche Literatur in mindestens sieben Zeitebenen, diverse Rückblenden, ironisierende Autorenkommentare, eingebaute Tonbandprotokolle und retardierende Reflexionen zu zerlegen;
- hat dazu noch üble Folgen, eine Art von Charakterblähung. Während die hohe Literatur ihre Menschen zu hoher moralischer Gesinnung erzieht, macht Kriminalliteratur die Leser kriminell.

Der Kriminalkoch möge also die berechtigten Einwände gegen dieses vulgäre Gericht bedenken.

Wollen Sie sich dieser Kritik jedoch nicht anschließen, sollten Sie ohne Skrupel Weiße Bohnen mit Speck auf die Speisekarte setzen.

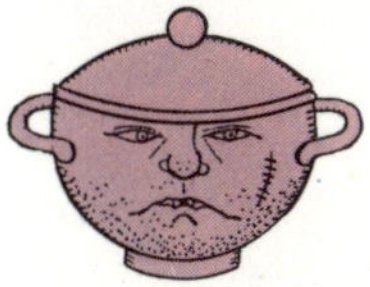

Schnitzel nach Küchenmeister-Art

Es gibt Schnitzel à la Holstein, nach Wiener Art und wie's angeblich die Zigeuner machen. Die Krönung jeder Küchenkunst ist das Schnitzel nach Küchenmeister-Art. Das heißt, wie der Herr Chefkoch sein Schnitzel auf einmalige unverwechselbare Art und Weise zubereitet.

Seien Sie dieses Triumphs der Kochkunst stets eingedenk.

Die Krönung *Ihrer* Kochkunst wäre demnach ein Mord nach Küchenmeister-Art, einmalig und unverwechselbar.

Das kann nur ein sogenannter perfekter Mord sein.

18
03

Man nehme: einen Täter, dessen Intelligenzquotient nicht unter 90 liegen sollte.

Er sollte generell der Intelligenz angehören, aus zwei Gründen.

Ein Arbeiter schlägt schon mal, wenn er wütend ist, mit der Faust auf den Tisch. Ein Intelligenzler hat sich aus vielerlei bekannten Gründen zu beherrschen gelernt. Bei dem sammelt sich die Wut heimlich an. Das macht aggressiv.

Zweitens bedarf der sogenannte perfekte Mord einer sorgfältigen Planung. Also sollte der Täter mit Problemen der Planung nicht unvertraut sein. Abteilungsleiter planen, Wissenschaftler planen, Künstler planen. Sie alle sind also für die von Ihnen vorgesehene Rolle geeignet.

Man achte: vor allem darauf, daß der Täter seine Tat geschickt in die Raum-Zeit-Koordinaten einbaut, um sein Alibi zu sichern. Er kann dabei mit 130 durch die Nebelnacht rasen, ein Sicherheitsschloß mit der Haarnadel öffnen, die Leiche vom Tatort im Erzgebirge in den Harz verbringen – aber lassen Sie ihn bitte in dieser einen Viertelstunde nicht mehr als 45 Handlungen vollbringen (pro Minute drei), sonst verliert er an Glaubwürdigkeit.

Man vermeide: die Fehler, die dem Täter bei der Planung unterlaufen, dem Leser vorzeitig zu verraten. Fehler in der Planung stellen sich immer erst hinterher heraus, sonst würde man ja keine Fehler machen. Fehler aber muß der Täter machen, sonst würde er nicht erwischt. Bauen Sie also Fehler in den Plan ein.

Pläne scheitern meist am Zufall.

Bei der Suche nach einem Zufall müssen Sie nochmals besonders erfinderisch sein. Das kann eine der bei uns außerordentlich seltenen Zugverspätungen sein, wodurch der Bahnübergang unvorhersehbar gesperrt ist und der Zeitplan des Täters durcheinandergerät. Das kann aber auch eine plötzliche Drüsenüberfunktion des Opfers sein, weshalb dieses sich nicht, wie geplant, um 18.03 Uhr in seiner Gartenlaube, sondern in der seiner Geliebten nebenan befindet, was den Täter zu einem Doppelmord zwingt, welcher unerwartete Weiterungen mit sich bringt.

Wenn Sie diese Hinweise und Warnungen beachten, bringen sie ein einmaliges und unverwechselbares Kriminalschnitzel nach Küchenmeister-Art auf den Tisch.

Powideldatschkerln

Der Name verrät es schon: etwas ungemein Schnuckliges, mit einem kleinen Stich ins Süß-Sentimentale.

Sollten Sie Powideldatschkerln nicht kennen: gekochte Teigtaschen, mit Pflaumenmus gefüllt.

Dieses Gericht ist so süß wie ein Kriminalist weiblichen Geschlechts.

Sie werden es schon bemerkt haben: in unseren Kriminalromanen breiten sich die Kriminalistinnen aus wie eine Epidemie. Bald wird es keinen Krimi mehr geben ohne diese Genossinnen. Das ist auch verständlich.

Kriminalisten sind harte Burschen. Solcher Helden wird der Leser allmählich müde. Ihn verlangt nach weicheren Idolen.

Das kann natürlich nur eine Frau sein. Sie verbindet Scharfsinn mit Charme. Damit widerlegt sie zugleich den weitverbreiteten Glauben, Frauen könnten nicht logisch denken.

Deshalb darf ein Kriminalgericht nicht der Frauen entbehren.

Aber stellen Sie süße Frauen her! Die Powideldatschkerln des Kriminalromans!

Halten Sie sich dabei streng an die folgende Standardausführung:

1. Sie sind jung
2. Sie sind hübsch, wenn nicht das, so interessant
3. Sie besitzen ein Herz, was wiederum bedeutet:
   3.1. Sie handeln stets emotional
   3.2. sind einem Flirt in Ehren nicht abgeneigt (falls sie unverheiratet sind)
   3.3. geraten irgendwann einmal in Konflikt mit der Härte ihres Berufes
4. Obwohl sie ein Herz haben, ist ihr Hirn dem der Männer ebenbürtig bis überlegen
5. Ihre einzige Schwäche: keine zu haben.

Kurz, Powideldatschkerln sind das Ideal einer klugen, gefühlvollen, aktiven, erfolgreichen süßen Frau.

Und wenn der (männliche) Leser angesichts einer solchen Frau den Gedanken nicht verdrängen kann, der möchte er schon mal im Dunkeln begegnen, nur nicht gerade als Tatverdächtiger, dann haben sie Ihr Powideldatschkerl wirklich meisterhaft zubereitet.

Kasseler Rippenspeer

Dieses Gericht zeigt anschaulich, daß der Kriminalkoch immer für Abwechslung sorgen muß, um seine Gäste an den Tisch zu locken.

Kasseler Rippenspeer – schon lange bevor Kassel 913 gegründet wurde, war der zwischen die Rippen eingeführte Speer ein beliebtes Mordinstrument. Heute dagegen zählte er zu den absolut originellen Mordwerkzeugen, ja, wäre er eigentlich schon exotisch.

Der Krimileser liebt originelle Mordarten; sie bestätigen ihm, wie schöpferisch menschliche Phantasie sein kann. Sie sollten sich also Gedanken machen, den Leser durch ungewöhnliche Mordarten zu überraschen.

Dem Kasseler Rippenspeer verwandt ist der Eispickel. Man begegnet ihm des öfteren in Kriminalromanen, die in Gottes eigenem Land spielen.

Auch ein Eiszapfen erfüllt diese Aufgabe. Der Vorteil gerade dieser Methode liegt auf der Hand. Die Mordwaffe löst sich sozusagen in Nichts auf, was man von einem Beil nicht ohne weiteres erwarten kann.

Afrikanische Pfeilgifte dagegen haben viel von ihrem dämonischen Reiz verloren, wenigstens für unsere aufgeklärten Leser.

Sie sollten sich deshalb mehr auf die Neuerungen von Wissenschaft und Technik werfen und sie auf ihre mörderische Verwendbarkeit hin überprüfen. Ich erinnere mich eines Falles, wo ein Arzt seiner Geliebten bösartige Bakterien auf die Zahnbürste praktizierte. Ein radioaktiv gemachter Verlobungsring dürfte das sicherste Mittel sein, die Verbindung in wenigen Tagen ohne öffentliches Ärgernis zu lösen.

In diesem Zusammenhang erwähne ich noch eine hübsche eigene Idee. Dieser Krimi müßte in einem Tollwut-Sperrbezirk spielen. Frau X will sich ihres wortbrüchigen Geliebten Y mittels einer tollwütigen Katze entledigen. Die Geschichte hat nur einen Haken; Katzen sind nicht auf Mann dressierbar. Frau X könnte deshalb das Opfer ihrer eigenen Originalitätssucht werden. Aber das wäre dann kein Roman, höchstens eine Kurzgeschichte für Hitchcocks Kriminalmagazin.

Natürlich ist es Ihnen auch anheimgestellt, die Tat auf ganz altväterliche Weise begehen zu lassen. Das übt einen gewissen nostalgischen Zauber aus, wenn der Täter einfach zum Küchenmesser oder zur Tischlampe greift. Einige Leser werden Ihnen allerdings Einfallslosigkeit unterstellen, andere aber Ihren Realismus loben.

Am subtilsten wäre da schon ein psychischer Mord.

1.
2.
3.
BAK-
TE-
RIEN

Der Kriminalschriftsteller Friedrich Schiller hat ihn literarisch salonfähig gemacht. Ein Schurke namens Franz beschließt, seinen Vater umzubringen, aber so, daß es kein Amtsarzt merkt. Er zermürbt den Vater seelisch, verursacht ihm Gram, Furcht, Schrecken, treibt ihn zur Selbstanklage und Verzweiflung. Diese Methode verlangt vom Kriminalkoch feinere Seelenkenntnisse. Aber warum sollten Sie nicht von der Klassik lernen?

Wildschwein am Spieß

Das Wildschwein, das sich dort am Bratspieß dreht, hat lange genug unseren gepflegten Garten zertrampelt. Nun wurde ihm die gerechte Strafe zuteil.

Spießen auch sie auf abschreckende Weise alle Untugenden Ihres Täters auf. Wie das Wildschwein schon auf den ersten Blick als Wildschwein erkennbar ist und nicht mit einem Lämmchen zu verwechseln, muß der Täter schon bald vom Leser als Täter identifiziert werden können. Das macht Spaß, denn der Leser kann sich dann etwas auf seine Menschenkenntnis einbilden.

Unsere Kriminalköche haben da ihre erprobten Rezepte.

Das beginnt bei der Beschreibung des Täters. Lassen Sie Ihren Täter nicht einfach die Straße entlanggehen. Das tut ein Täter nicht. Ein Täter schleicht. Er schleicht um die Ecke. Und zwar nachts. Versehen Sie ihn zusätzlich noch mit den geschmeidigen Bewegungen einer Raubkatze.

Lassen Sie Ihren Täter auch nicht einfach nur lachen. Ein Täter lacht nicht. Hohnlachen ist das mindeste, was der Leser von ihm erwartet.

Und nun das Wichtigste: das Gesicht des Täters. Gewöhnlich ist es bleich und pockennarbig, der Blick stechend. Der Mund muß natürlich schmal sein. Auch Zahnlücken machen sich gut, durch die sich so bezeichnend zischen läßt.

Und nun probieren wir das Ganze einmal: »Mit der geschmeidigen Bewegung einer raublüsternen Katze schlich eine Gestalt durch die Nacht. In ihrem bleichen, pockennarbigen Gesicht glühten zwei stechende Augen, die das Dunkel notdürftig erhellten. Plötzlich öffnete sich der zu einem Strich zusammengepreßte Mund. Hohngelächter zischte durch die Zahnlücke …«

Ich sehe, Sie verstehen Ihr Handwerk. 

Linsen, süßsauer

Das Wesentliche an diesem Gericht ist, daß es Gegensätzliches vereint. Das Süße läßt das Saure und das Saure das Süße erst richtig zur Geltung kommen.

Im Kriminalroman verwenden Sie dieses Rezept am besten bei der Darstellung eines gegensätzlichen Kriminalisten-Zweierkollektivs.

Grundregel: Der eine ist süß, der andere sauer, was natürlich nur symbolisch gemeint ist!

Aber hüten Sie sich, das mit einer Wertung zu verbinden. Süß ist gegenüber Sauer nichts Positives. Wer Saures lieber hat, schätzt das Süße weniger.

Sie enthalten sich also jeglicher Wertung, Sie stellen Gegensätze dar. Das Süße ist gut, das Saure ist gut. Beide zusammen sind noch besser.

Es gibt viele Möglichkeiten für süßsaure Gegensätze im Kriminalisten-Duo.

1. Der erfahrene alte und der gerade von der Schule gekommene junge Kriminalist – in folgenden Varianten:
   - 1.1. der jung gebliebene Alte und der vorzeitig vergreiste Junge
   - 1.2. der bedächtige Alte und der heißblütige Junge
   - 1.3. der großzügige Alte und der engstirnige Junge
   - 1.4. der dogmatische Alte und der unkonventionelle Junge
2. Der Theoretiker und der Praktiker
3. Der Verstandesmensch und der Gefühlsmensch
4. Der Empiriker und der Phantast
5. Der elegante und der schlampige Kriminalist
6. Der große Dicke und der kleine Dünne oder der große Dünne und der kleine Dicke
7. Der Sanguiniker und der Melancholiker
8. Der Choleriker und der Phlegmatiker
9. Für den einen ist es sein letzter und für den andern sein erster Fall
10. Ein Mann und eine Frau.

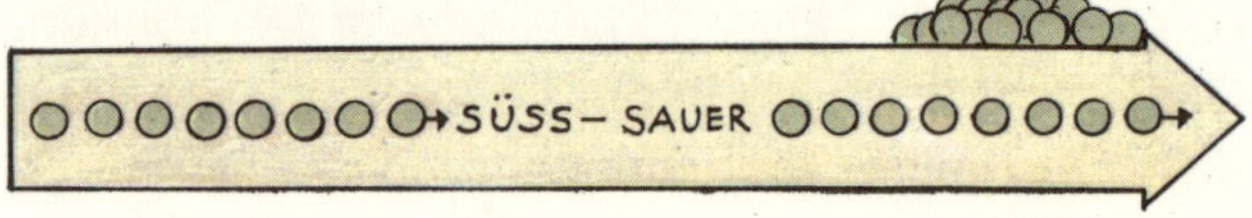

8.
PROTO-
KOLL
10.
5.
HAFT-
BE-
FEHL
6.
GESUCHT
6.

Die Nutzanwendung solcher gegensätzlicher Paare liegt auf der Hand. Sie heißt für Nummer

1. Was wären wir ohne den alten, erfahrenen Genossen? Und was ohne den Elan der Jugend?
   1.1. Die Generationen sind manchmal ganz anders, als wir uns einbilden
   1.2. Der eine schützt den andern vor sich selbst
   1.3. Die Weisheit des Alters siegt über die Intoleranz der Jugend
   1.4. Der Alte kann nicht mehr umlernen, der Junge macht's besser
2. Siehe Karl Marx, 11. These über Feuerbach: »Die Philosophen haben die Welt nur verschieden interpretiert; es kommt aber darauf an, sie zu verändern«
3. Wo der Verstand nicht weiter weiß, findet das Gefühl immer noch einen Weg; wenn das Gefühl sich verirrt, leuchtet ihm der Verstand heim
4. Die Realität wird unwirklich, wenn das Irreale plötzlich zur Wirklichkeit wird

5. Wir sind ein anständiger Staat. Das muß der Vertreter der Staatsmacht bereits durch anständige Kleidung zum Ausdruck bringen. Der schlampig gekleidete Kriminalist ist daher nur am Anfang zu dulden und im Verlauf des Romans umzuerziehen
6. Keine Nutzanwendung. Humor auf Kosten unveränderbarer Körperzustände ist abzulehnen
7. Der Sanguiniker entspricht unserm optimistischen Lebensgefühl. Melancholiker dagegen zweifeln zuweilen an der raschen Beseitigung der Kriminalität. Dieses Gegensatzpaar erlaubt pädagogische Belehrung über den Nutzen der Zuversicht und die Schädlichkeit von Zweifeln
8. Der Choleriker peitscht den Phlegmatiker vorwärts, während dieser den Choleriker bremst. Jener würde am Ziel vorbeischießen, dieser es nie erreichen. Beide schaffen es schließlich
9. Ob zum ersten oder zum letzten Mal: Fehler macht man immer
10. Siehe Nr. 3, wobei der männliche Kriminalist den Verstand und der weibliche das Gefühl vertritt. Beachten Sie unbedingt diese uralte Rollenverteilung!

Was lernen uns Linsen, süßsauer?
Sie gehören auf jede Speisekarte!

Hammelragout

Blättern sie mal einige Rezepte für die Zubereitung von Hammel durch.

Zum Hammelragout gehören Knoblauch und Zwiebeln, zur gedünsteten Hammelkeule Knoblauch und Pfeffer, zur gebratenen auch noch Lorbeer und Thymian, und Hammelrippchen werden in Weißwein geschmort.

Warum wohl?

Hammel hat so einen gewissen Geruch. Aber Zwiebeln, Knoblauch, Pfeffer, Wein machen ihn irgendwie doch noch genießbar.

Das sollte dem Kriminalkoch eine Lehre sein.

Auch ein Mörder ist etwas Übles. Zwar stinkt er nicht fleischlich wie der Hammel, aber sozusagen moralisch.

Deshalb dürfen Sie dem Leser den Hammel nicht pur servieren, um Himmels willen überdecken Sie den Eigengeruch des Kriminellen! Damit tun Sie zugleich kund, daß es in der Welt nicht nur übelriechende Hammel gibt, sondern auch wackeren Knoblauch, gefühlvolle Zwiebeln, duftenden Thymian und mildsinnigen Wein.

Knoblauch, Zwiebeln, Thymian und Wein, Sie haben es längst erraten, das sind die andern, die ehrbaren Leute, die uns überzeugen, daß der Hammel nicht durchkommt mit seinem üblen Geruch. Das sind die vielen, vielen, vielen Anständigen, die nie ein Verbrechen begehen oder ein Vergehen verbrechen. Die keinen Fingerbreit vom Weg des Rechts und Gesetzes abweichen. Das sind die vielen lieben Kollegen, die durch ihr So-Sein beweisen, daß unser Da-Sein normal und gradlinig ist.

Falscher Hase

Sie kennen doch falschen Hasen?

Nehmen Sie den falschen Hasen als Grundrezept für einen Kriminalroman.

Im Kriminalroman ist alles falsch. Jede Spur, die Sie legen, muß falsch sein. So ist das auch bei dem ermordeten Abteilungsleiter. Die rachsüchtige Ehefrau, die ihren ungetreuen Ehemann tausendmal zur Hölle gewünscht hat, ist viel zu feige, ihn mit dem Schal seiner Geliebten zu erdrosseln.

Sein Sohn, der die teure Briefmarkensammlung geerbt hätte, erweist sich als Feind von Briefmarken, Geld und Wohlstand.

Seine alte Mutter, die er gegen ihren Willen ins Altersheim verbracht hat, beginnt sich dort wohl zu fühlen und heiratet nochmals mit 74.

Sein Chef, dem er durch schludrige Arbeit die Prämie vermasselt hat, besitzt eine so hohe sozia-

listische Moral, daß die Befriedigung persönlicher Rachegelüste ausgeschlossen ist.

Sein Flurnachbar, der immer so scharf auf den 1893er Fehldruck blaugrün war, besitzt für die Mordzeit ein Alibi.

Nachdem der Leser die Ehefrau, den Sohn, die alte Mutter, den Chef und schließlich auch den Flurnachbarn für den Mörder gehalten hat, begreift er endlich, er ist wieder einmal einem falschen Hasen aufgesessen.

Diese Feststellung trifft er allerdings ohne Groll. Als er Ihren Krimi kaufte, wußte er ja schon, das ist ein falscher Hase.

Und wer hat den Abteilungsleiter nun umgebracht?

Seine Sekretärin selbstverständlich.

Aber die hatte doch gar kein Motiv!

Dieses Motiv haben Sie natürlich längst vorbereitet. Außerdem haben Sie sie als so herzensgut, liebreich und charmant dargestellt, daß sich jeder männliche Leser in sie verliebt hat und jeder weibliche so sein möchte wie sie.

Das sind natürlich, wie sich wieder einmal herausstellt, die Gefährlichsten.

Ach so, ihr Motiv.

Das finden Sie schon allein, es gibt ja so viele Gründe für eine Sekretärin, ihren Chef umzubringen.

1
8
9
3
FEHLDRUCK
Falscher Hase

Thüringer Klöße

Der vorsorgliche Koch hat auch bilanzieren gelernt.

So setzt er beispielsweise den durchschnittlichen Verbrauch Thüringer Klöße ins Verhältnis zu ihrer Größe. Er rechnet pro Gast zwei Klöße des üblichen Umfangs. Ist der Kloß größer, findet der Gast nur einen auf dem Teller.

Wir stellen also folgende Regel auf: Je größer der Kloß, desto kleiner die Anzahl. Anzahl und Größe der Klöße sind einander umgekehrt proportional.

Danach sollten Sie auch bemessen, wieviel Leichen pro Mahlzeit Sie Ihren Lesern anbieten. Ist es eine wichtige und bedeutsame Person, vielleicht ein stellvertretender Direktor oder wenigstens ein Abteilungsleiter, so genügt schon diese eine Leiche.

Das entspricht auch der statistisch erwiesenen Faustregel: kein Krimi ohne Leiche. In jedem Krimi mindestens eine.

Aber der Leser verträgt ganz gut auch zwei, ohne sich übergeben zu müssen. Die beiden Opfer sollten sozial nicht zu schwergewichtig sein, von durchschnittlichem gesellschaftlichem Rang. Etwa ein Diplomingenieur, von denen es ja viele gibt, und ein Brigadier.

Sie können aber auch drei Klöße anbieten. Die müssen dann entsprechend kleiner sein, Leute ohne gesellschaftliche Bedeutung, beispielsweise eine Gammlerin, ein Schriftsteller und – na, den dritten Typ verrate ich lieber nicht.

Mit drei Opfern sollten Sie es dann aber doch genug sein lassen.

Vier Klöße bekommt man schon über, und fünf lassen einen am Sinn des Kochs für Größe und Einfachheit zweifeln.

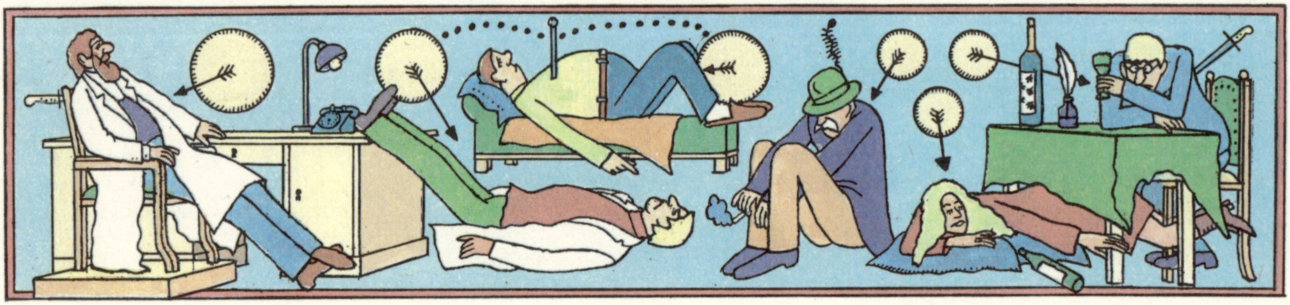

Ham and eggs

Sie sind vorübergehend Koch in einem Lokal der Preisstufe IV. Aufgrund guter territorialer Beziehungen können Sie jederzeit Rührei mit Schinken anbieten.

Ein ungewandter Koch vermerkt nun auf der Speisekarte: Rührei mit Schinken.

Sein taktisch erfahrener Kollege dagegen schreibt: Ham and eggs.

MERKE:

Man soll niemals einfach ausdrücken, wofür ein imponierendes Fachwort zu Gebote steht. Dieses nämlich wertet noch die primitivste Speise auf.

Schreiben Sie nicht: »Die Leiche wurde mit Benzin übergossen und verbrannte bis zur Unkenntlichkeit.«

Schreiben Sie statt dessen: »Die Leiche wurde mit handelsüblichem Vergaserkraftstoff NORMAL übergossen, welcher danach zur Entzündung gebracht wurde, so daß infolge der fortgeschrittenen Brandzehrung die Identität nicht mehr feststellbar war.«

Schreiben Sie nicht: »Unter dem Fenster fand sich ein Schuhabdruck des Täters.«

Schreiben Sie: »Unter dem Fenster konnte ein Spurenverursacher gesichert werden.«

Schreiben Sie nicht: »Auch nachdem er verurteilt worden war, beteuerte er seine Unschuld.«

Schreiben Sie: »Auch nach der Rechtskraft des Strafurteils erging er sich fortwährend in Unschuldsbeteuerungen.«

Unverantwortlich wäre es auch, Ihre literarischen Kriminalisten einfach Kriminalisten zu nennen. Sprechen Sie stets von den Sicherheitsorganen unseres Staates.

Ich bitte Sie dringend, meinem Rat zu folgen. Dann gelten Sie bald als erfahrener Fachmann. Man hält Sie dann nicht mehr für irgendeinen Kriminalkoch, sondern einen hochspezialisierten Chefkoch. Ihr handelsübliches KIM-Rührei mit Schinken gilt fortan als Rührei auf die echte englische Art, ham and eggs.

Barockmusik

Moussaka

Im neuesten Kochbuch steht auch ein Moussaka-Rezept.

Ich habe es probiert. Es taugt nichts. Ich kenne den originalen Moussaka. Da gehören Auberginen hinein, die geben ihm die unverwechselbare Note.

Machen Sie als Kriminalkoch nicht den gleichen Fehler!

Verzichten Sie nicht auf Originalität, sonst lassen Sie's lieber ganz.

Was die Auberginen für den Moussaka, das ist ein origineller Detektiv für den Kriminalroman.

Daß Ihr Detektiv ein Detektiv ist, genügt ja keinesfalls. Das hat er mit allen anderen seinesgleichen gemein. Der Leser will mehr als diese bloße Funktion. Er will sich dem Detektiv auch menschlich nähern. Er möchte sehen, daß dieser Über-Mensch wenigstens mit einem Bein auf der Erde steht.

Kurz: vernachlässigen Sie nicht seine Individualität!

Malen Sie liebevoll sein Hobby aus. Vielleicht malt er sogar selber. Er kann auch Mitglied der Natur- und Heimatfreunde sein oder der Sparte Philatelie. Oder vielleicht sammelt er Schallplatten (Barockmusik) und versöhnt so die Freunde klassischer Musik mit dem Kriminalroman. Als Züchter von Siamkatzen schleicht er sich auf leisen Sohlen ins Herz jedes Tierfreundes.

Sie sollten sich auch nicht zu schade dafür sein, von altrenommierten Köchen der gutbürgerlichen Küche zu lernen, wie man einen originellen Detektiv schafft.

Statten Sie ihn mit einem bestimmten Attribut aus, das ihn unverwechselbar macht. Die Tabakpfeife ist leider schon an Sherlock Holmes vergeben. Überhaupt ist Rauchen nicht mehr erwünscht.

Aber man könnte ihn mit Schnupfenspray hantieren lassen oder ihm einen Flachmann mitgeben, aus dem er heimlich immer wieder ein Schlückchen zu sich nimmt – Pfefferminztee natürlich gegen sein Magengeschwür. Da Detektive Super-Helden zu sein pflegen, denen Magengeschwür ein Fremdwort ist, könnte dieses an sich harmlose Leiden Ihren Detektiv direkt vermenschlichen und ihn zumindest allen Inhabern ähnlicher Streß-Beschwerden nahebringen.

Auch feststehende Redewendungen machen sich gut. Denken sie an Poirots stereotype Floskel von den kleinen grauen Zellen. Damals hielt man noch die Zelle für die kleinste Einheit. Heute weiß man, das sind die Elementarteilchen. Also lassen Sie von Zeit zu Zeit Ihren Detektiv äußern, daß er jetzt mal wieder seinen Elementarteilchen einen Spin versetzen müsse. Das wirkt ungeheuer individuell und modern. Sie werden sehen, Ihr Geschöpf übertrifft bald den seligen Poirot.

Geschmortes Herz

Dieses Gericht ist das Grundrezept für jeden Thriller.

Sie wissen doch, woher der Name stammt: den Thriller hat Shakespeare erfunden:

A faint cold fear thrills through my veins

Ein matter kalter Schrecken durchschauert meine Adern. Shakespeare wußte, nichts ist so heilsam für das Gemüt wie ein Schrecken. Das hat er von Aristoteles gelernt. Der sagte, fremde schreckliche Schicksale würden nützlich für uns, wenn wir fürchten, sie könnten uns selber zustoßen. Dann nämlich verhalten wir uns so, daß sie uns möglichst nicht passieren.

Ich finde, das ist sehr klug beobachtet.

Denn sehen Sie: ein geschmortes Rinderherz zu verspeisen, regt Sie bestimmt nicht auf. Aber wenn Sie sich vorstellen, Ihr eigenes Herz würde so zugerichtet und anschließend angerichtet, bekommen Sie bestimmt ein leichtes Herzklopfen.

Da entsteht nämlich ein ästhetischer Schock.

Der ästhetische Schock erreicht aber erst dann seine volle Wirkung, wenn das Herz nicht von irgendeinem beliebigen Koch geschmort wird. Der Koch muß jemand sein, an den man das Herz einst verloren hat.

Im Klartext: Im Thriller geht es um mörderische Herzensangelegenheiten, um geschmorte Herzen und die Folgen.

Wenn Sie dieses Gericht zubereiten, halten sie sich genau an das Kochbuch.

Wenn es darin heißt:

»Zuerst das Herz in Würfel schneiden« – so denken Sie sich innerhalb einer Partnerbeziehung eine Situation aus, die dieser Verrichtung möglichst nahekommt, z.B. eine verheiratete, aber leichtfertige Frau schneidet durch entwürdigende Liebesabenteuer das Herz ihres Gatten in kleine Stücke (wobei die Sache natürlich auch beim Geschlechterwechsel funktioniert).

»Dann in heißem Fett anbraten«, so erfinden sie nun einige weitere Vorgänge, etwa eine vorübergehende Pause beim Fremdgehen, was die Hoffnung des Partners erst nährt und dann um so sicherer zerstört.

»Salz und Paprika zugeben«, so lassen Sie es

keinesfalls nur bei einfachem Betrug bewenden, sondern lassen Sie das Opfer des Betrugs sich noch ständig als Niete, Versager, impotent oder frigid verhöhnt sehn, was den Konflikt noch schärfer macht.

»Nach und nach saure Sahne darübergießen«, so machen Sie in diesem Stadium deutlich, daß das Leben des Betrogenen nun unrettbar versauert ist.

Wenn es dann abschließend im Kochbuch heißt,

»nach und nach heiße Brühe zugeben und zugedeckt schmoren lassen«, so wissen Sie schon, was das bedeutet: der auf so rücksichtslose Weise Zugerichtete faßt sich (s)ein (geschmortes) Herz und bringt seinen Peiniger um.

Das ist das ganze Geheimnis des Thrillers.

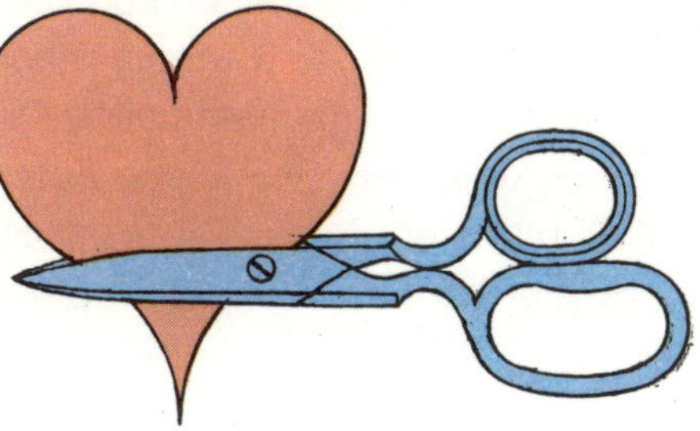

BEILAGEN

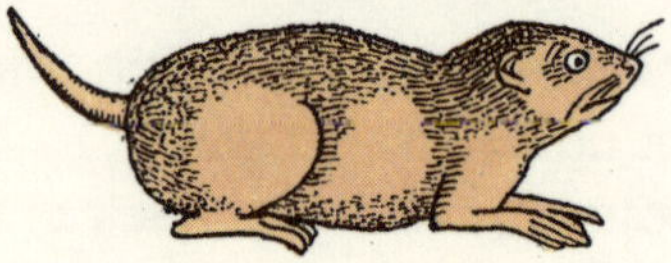

Mixed pickles

Ich möchte Sie anhand dieser Beilage vor dem verständlichen Irrtum bewahren, Dichten sei etwas Besonderes. Es ist dasselbe, was der Koch auch macht. Der rührt verschiedenes zusammen, und schon ist das Gericht fertig.

Nehmen wir beispielsweise Mixed pickles. Da wird allerhand saures Gemüse gemixt. Man kann das Zeug mischen, wie man will, es gibt immer denselben Salat. Nur der Geschmack ändert sich etwas, je nachdem, ob mehr Blumenkohl drin ist oder mehr Zwiebeln. Mit dem Kriminalroman ist es nicht anders.

Sie mischen die wenigen, immer gleichen Bestandteile, nehmen mal weniger bissige Zwiebeln, mal mehr süße Möhren, aber immer ausreichend zähe Bohnen.

Und schon ist der Kriminalroman tischfertig.

Wollen Sie einige Beispiele?

Dann stellen Sie sich zuerst die Zutaten zusammen:

1. einen Agenten, der Böses im Schilde führt,
2. einen Genossen Oberleutnant, dessen Frau immer zu kurz kommt,
3. einen aufmerksamen Jungpionier,
4. ein schwankendes Element,
5. eine einfache Frau,
6. ein altes Original, das Goldhamster züchtet.

Diese Zutaten mischen Sie kräftig.

Gemisch Nr. 1: Aufmerksamer Pionier will von altem Original Goldhamster kaufen. Findet Original tot vor. Benachrichtigt Genossen Oberleutnant. Oberleutnant übergibt Jungpionier verwaiste Goldhamster in persönliche Pflege, beginnt zu ermitteln. Frau des Oberleutnants kommt zu kurz, wollte eigentlich mit ihm ins Theater. Einfache Frau, Mutter des Jungpioniers, hört nachts Goldhamster angstvoll kreischen. Erspäht schwankendes Element vor der Wohnungstür. Einfache Frau kombiniert Zusammenhang. Genosse Oberleutnant wird informiert, vernimmt schwankendes Element. Element gesteht: sollte im Auftrag des Agenten Goldhamster stehlen. Agent verhaftet.

Gesteht, Goldhamster sollten als Einsatztruppe zur Störung der Haferflockenversorgung der hühnerhaltenden Bevölkerung ausgebildet und damit die Eierproduktion gestört werden.

Gemisch Nr. 2: Goldhamsterzüchtendes altes Original wird unbewußt Werkzeug des Agenten. Denn Agent verbirgt in Hamsterohren Mikrofilm. Pionier kauft Goldhamster und entdeckt bei Ohrenwäsche des Hamsters Mikrofilm. Aufmerksamer Pionier informiert Genossen Oberleutnant (wie Gemisch Nr. 1). Genosse Oberleutnant nimmt Ermittlung auf. Frau des Oberleutnants kommt zu kurz, wollte mit Oberleutnant (originelle Variante) ins Gewandhaus gehen. Agent besticht schwankendes Element, das ihm ein Alibi geben soll. Schwankendes Element schwankt einmal in Richtung des Agenten, schwankt zum zweiten Mal unter Einfluß der einfachen Frau in Richtung der Moral und stellt sich. Oberleutnant überführt Agenten und erlebt noch Schlußouvertüre im Gewandhaus an der Seite seiner Frau, die (originelle und optimistische Variante) nicht ganz zu kurz kommt.

Die andern 34 möglichen Varianten können Sie sich nun ohne Schwierigkeit mixen.

Röstkartoffeln

Der vielbeschäftigte Koch spart mit jedem Gramm und jeder Minute. Dann produziert er mit möglichst wenig Material möglichst viel.

Beispielsweise wäre es zu material- und zeitaufwendig, wollte er für die verschiedenen Fleischgerichte auch verschiedene Beilagen verwenden. Dann müßte er Salzkartoffeln zubereiten, Pommes frites, Mehlknödel und Thüringer Klöße, Reis und Spaghetti. Ein solch umfangreiches Sortiment kann man im Zuge der Rationalisierung von keinem Koch mehr verlangen.

Der pfiffige Koch geht da anders 'ran. Der bevorratet sich vorausschauend mit reichlich Röstkartoffeln. Die gibt er Bratwürstchen bei, genauso dem Gulasch, dem Eisbein und dem Frikassee.

Auch als Kriminalkoch gehen Sie so vor, hauptsächlich dann, wenn Sie Krimis am Fließband produzieren wollen. Da ist wirklich äußerste Sparsamkeit vonnöten! Je weniger Material, desto flinker die Produktion!

Am besten fangen Sie zu sparen an beim sprachlichen Material. Das ist unauffällig und bringt nur selten Mängelrügen. Nur kein aufwendiges Sortiment! Röstkartoffeln für alles! Der Leser kennt es nicht anders und schluckt sie brav.

Ich habe für Sie schon etwas Sprache vorgeröstet. Sie können diese gedörrten Chips beliebig vermehren.

Hier einige Proben:

Übers Ohr hauen, über den Löffel balbieren, über die Klinge springen lassen, Farbe bekennen, ein Auge zudrücken, ein X für ein U vormachen, kochender Topf, handfeste Beweise, fadenscheinige Argumente.

Damit läßt sich jede beliebige Romansituation darstellen, z. B. die Vernehmung eines mutmaßlichen Täters.

Der Kriminalist sagt zum mutmaßlichen Täter: »Die Sache ist noch nicht im Topf, wo sie kocht. Wenn Sie mich übers Ohr hauen wollen, lasse ich Sie über die Klinge springen!«

Der mutmaßliche Täter erwidert: »Wenn ich Farbe bekenne, werden Sie dann ein Auge zudrücken?«

Der Kriminalist kühl: »Mit fadenscheinigen Argumenten lasse ich mich von Ihnen nicht über den Löffel balbieren!«

Treuherzig fragt der mutmaßliche Täter: »Wie könnte ich Ihnen ein X für ein U vormachen, wenn Sie handfeste Beweise haben?«

Natürlich dürfen Sie sich mit Ihren Röstkartoffeln nicht verausgaben. Sie brauchen sie noch für Ihren nächsten und übernächsten Krimi. Damit

BLAU

man Ihnen nicht vorwirft, daß Sie an sich selber ein Plagiat begehen, vertauschen Sie einfach die Sprachblasen. Was im vorigen Krimi der mutmaßliche Täter sagte, lassen sie jetzt den Kriminalisten sagen.

Und umgekehrt.

Das liest sich dann so:

Der Kriminalist sagt zum mutmaßlichen Täter: »Sie sehen also, ich habe handfeste Beweise!«

Der mutmaßliche Täter erwidert grinsend: »Sind eher fadenscheinige Argumente, Chef. Ich glaube nicht, die Sache ist schon im Topf, wo sie kocht.«

Geduldig fordert der Kriminalist: »Sie sollten endlich Farbe bekennen!«

Darauf der mutmaßliche Täter: »Sie wollen mich doch bloß übers Ohr hauen. Um mich dann über die Klinge springen zu lassen!«

Der Kriminalist leise: »Wenn Sie gestehen, über manches könnte ich vielleicht ein Auge zudrücken.«

Sie sehen, mit denselben Röstkartoffeln lassen sich zwei völlig verschiedene Situationen und Charaktere darstellen.

Sie schrecken zurück? Ich versichere Ihnen an Eides Statt, alle diese und noch viele andere Röstkartoffeln fand ich auf der Speisekarte einheimischer Kriminalköche. Und doch ist jeder mit ihren Gerichten zufrieden.

Also sparen Sie mit jedem Wort und jedem Gedanken! Und Sie produzieren zwölf Krimis im Jahr.

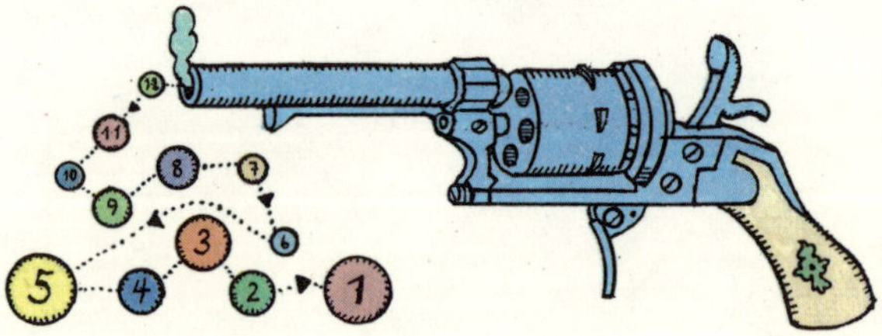

NACH-SPEISEN

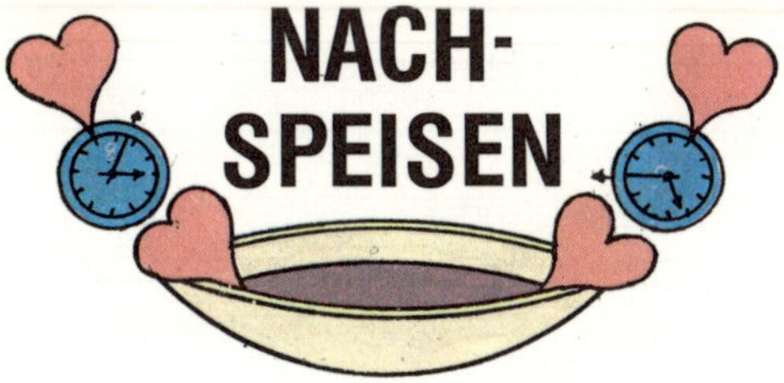

Pudding mit Himbeersoße

Unterschätzen Sie nicht das Süße!

Das Süße ist um so süßer, je bitterer, schärfer und saurer die Gänge vorher waren. Der Gaumen des Feinschmeckers verlangt nach Kontrasten. Der Feinschmecker ist ein Konstrast-Fan.

Deshalb: Je härter der Krimi, desto weicher muß der Gemütspudding sein! Fast kremig. Und dann Himbeersoße darauf!

Leider beherzigen die wenigsten Kriminalköche diesen Rat. Sie meinen, Liebe habe nichts im Krimi zu suchen.

Ohne Liebe kann man gar keinen Pudding machen.

Es ist doch so: Kriminalisten sind steinharte Kerle. Sehen Blut und dürfen sich nicht übergeben. Arbeiten rund um die Uhr. Können sonntags nicht an den Müggelsee. Das ist alles sehr hart. Gönnen Sie doch diesen harten Typen endlich einen Pudding!

Gönnen Sie ihnen wenigstens etwas Liebe!

Sehr moderne, sehr unkonventionelle, sehr freisinnige und sehr mutige Kriminalköche haben das schon begriffen.

Diesen müssen Sie nacheifern.

Kastrieren Sie Ihre Helden nicht, sondern lassen Sie sie einfach – also Sie müssen ja nicht gleich vor den Augen des Lesers – ich meine, da genügt ja schon ein Küßchen in Ehren, das andere malt sich dann der Leser vielleicht selber aus und noch besser als Sie.

Ich nenne Ihnen jetzt einige Kocharten für Gemütspudding mit Himbeersoße. Entsprechend der Realität, erstrecken sie sich von der Liebe über den gewagten Flirt bis zum Eigentlichen.

Die entsagungsvolle Liebe

Der Detektiv ist ein alternder Junggeselle. Seine Arbeit hat ihn ausgedörrt. Liebe ist für ihn nur ein anderes Wort für Sabotage. Der Zu-Fall eines Mord-Falles bringt ihn mit einer Frau zusammen, zu der er in Liebe erglüht. Dieser Vor-Fall entpuppt sich jedoch als Rein-Fall, denn die Frau gehört zum Ab-Fall. Er muß ihr entsagen. Das ist sein glücklichster Augenblick, denn die Liebe ist die Sabotage der Arbeit.

Die unstatthafte Liebe

Der Detektiv ist ein junger Junggeselle. Der Kriminalfall führt ihm ein Weib zu: die Sekretärin des Opfers oder die Witwe des Hauptzeugen oder die Gattin des Mörders. Er erglüht (siehe oben) ebenfalls in Liebe. Aber diese ist unstatthaft, da die Geliebte, wie sich später herausstellt, in den Fall verwickelt ist. Verführung und Verzicht sind als dialektische Einheit zu gestalten.

Die hoffnungsvolle Liebe

Der ledige männliche Detektiv lernt eine der im Kriminalroman häufigen ledigen weiblichen Kriminalisten kennen. Beide erglühen in Liebe zueinander. Da die Kriminalisten aber zuerst Kriminalisten und dann erst Männlein und Weiblein sind, haben Sie diesem Rollenverhalten unbedingt Rechnung zu tragen. Im Verlauf des Romans ist die durch berufliche Barrieren behinderte Annäherung aufwühlend zu gestalten. Am Schluß darf jedoch zart angedeutet werden, daß die platonische Beziehung nicht hoffnungslos ist.

Die ehrbare Liebe

Der Normalfall ist der verheiratete Detektiv. Damit zollen sie der Moral ihren Tribut. Das spricht für Ihre solide ethische Haltung. Außerdem verschaffen Sie dem Leser immer neue reizende Gelegenheiten, Einblick in ein prinzipienfestes Familienleben zu nehmen. Der verheiratete Detektiv ist treu, schweigsam und nie zu Hause. Seine Frau akzeptiert das, teils zähneknirschend, teils aus Bewußtsein.

Das ergibt stets lösbare Konflikte, woraus wir alle etwas lernen können.

Die verbotene Liebe

Im Ausnahmefall ist der Kriminalist ebenfalls ein verheirateter Mann, doch nicht mehr in den besten Jahren. Das junge weibliche Opfer eines Mordversuchs verliebt sich in diesen seinen Rächer, was für den alternden Kriminalisten keine geringe Versuchung darstellt.

Da ein Kriminalist aber nur arbeitsfähig bleibt, wenn er selber keine Konflikte hat, entschließt er sich im Widerspruch zwischen Pflicht und Neigung glasklar und wie erwartet für die Pflicht. Nach einem wehmütigen Blick auf das Bett der Verliebten kehrt er angeregt ins Ehebett zurück.

Die sinnliche Liebe

Die absolute Ausnahme stellt der sexuell ausschweifende Kriminalist dar, wobei zu beachten ist, daß beim literarischen Kriminalisten bereits die Andeutung einer sexuellen Betätigung ausschweifend wirkt. Das ist ganz verständlich. Ein Jäger, der auf dem Anstand lauert, kann ja währenddem auch nicht seine Frau küssen. Das verbietet der Anstand, außerdem geht es nicht, sie ist gar nicht dabei.

Ein Detektiv, der sich widernatürlich zu dieser seiner Rolle verhält, wirkt ebenso faszinierend wie abstoßend. Diesen Widerspruch bewältigen Sie nicht. Deshalb ist im Kriminalroman von der sinnlichen Form der Liebe unbedingt abzuraten.

JENSEITS

Schwarzwälder Kirschtorte

Warum ist die wohl so lecker?

Sie besteht aus schönen bunten Schichten. Jede Schicht hat ihren eigenen Geschmack. Die Schichten sind übereinandergelagert. Aber das bedeutet keine Rangordnung.

Gäbe es die unterste Schicht nicht, den Biskuit, sackte die ganze Torte in sich zusammen. Gäbe es nur die unterste Schicht, wie käme sich wohl der Biskuit ohne die Sahne vor?

Also: Biskuit, Kirschen und Sahne, alle sind gleichberechtigt, jede erfüllt ihren besonderen Zweck, da sind wir uns einig.

Aber: Nun muß sich ja doch der Kriminalkoch entscheiden, aus welcher Schicht er seinen Bösewicht nimmt.

Das ist von weittragender Bedeutung.

Denn damit beschmutzt er unweigerlich die Ehre der betreffenden Schicht.

Nimmt er den Täter aus der Sahneschicht, schreit gleich die ganze Sahne: »Warum aus der Sahne? Die Sahne ist immer einwandfrei!«

Nimmt er den Täter aus der Schicht der Sauerkirschen, empören sich alle Sauerkirschen: »Daß wir sauer sind, ist schließlich keine Untugend, das ist unser gutes Recht als Sauerkirschen!«

Und nimmt er den Täter aus der untersten Schicht, gleich zittert der ganze Biskuit vor Entrüstung: »Wir sind die Basis der Torte, wir lassen uns nicht beleidigen!«

Also solche Zwischenrufe müssen Sie einkalkulieren, verehrter Kriminalkoch. Dann sind Sie darauf gewappnet und nicht mehr so schnell zu kränken. (Denn auch ein Kriminalkoch hat schließlich das Recht, gekränkt zu sein, das wollen wir mal festhalten!)

So, und nun frisch ans Werk.

Zur Anregung gebe ich Ihnen noch einige Tips aus den Kriminalgerichten unseres Landes.

Da ist der mehrfach ausgezeichnete Baubrigadier, der seine Frau ersticht, der Hochschuldozent, der ein Liebespaar erschießt, die Kunstmalerin, die ihrem Mann den Schädel einschlägt, der Arzt, der seine Gemahlin vergiftet, der Abteilungsleiter, der seine Beischläferin ermordet, die Arbeiterin, die ihre Abteilungsleiterin tötet, der Institutsdirektor, der seinen Assistenten um die Ecke bringt, der Juwelier, der seine künftige Geschäftspartnerin ins Jenseits befördert, ein Ingenieur, der zwei Studienkollegen beseitigt.

MERKE: Einer nimmt immer übel. Nehmen Sie's ihm nicht übel, er kann ja nicht dafür.

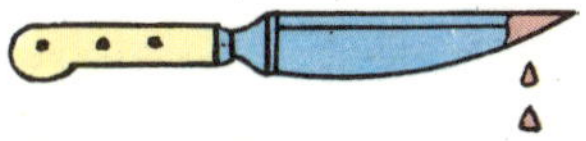

Käse

Daß die Franzosen ihr Mahl mit Käse beenden, dürfte bekannt sein. Deshalb spielt unsere Tante Christel auch immer auf diesen Brauch an und sagt: »Käse schließt den Magen.« Wie er das macht, kann sie nicht erklären. Aber es genügt, daß wir's ihr glauben.

Der international eingestellte Kriminalkoch darf keinesfalls auf diese französische Tradition verzichten. Er sollte sorglich darauf achten, Mahl und Magen abgestimmt zu schließen. Was der Käse nach der Mahlzeit, das ist der Schlußsatz im Krimi. Er beschließt alles. Er entscheidet letztlich über Verstimmung oder Wohlbefinden des Lesers.

Der letzte Satz ist so was wie ein weltanschauliches Bekenntnis. Deshalb müssen Sie jeweils den richtigen Käse finden. Hier eine Auswahl:

Kräuterkäse, das ist nach der schweren Mahlzeit der würzig-frische Geschmack: »Als Oberleutnant Theuerkauf das Amt verließ, war es schon Mitternacht, er ging durch die menschenleeren Straßen und atmete tief den süßbitteren Duft der Rhobinien ein.«

Emmentaler oder Abschluß mit Löchern: »Leutnant Simmering schloß die Akte endgültig und dachte, so viele Fragen, so viele Antworten, aber die letzte Antwort wird uns wohl nie zuteil.«

Butterkäse, das ist ein Schluß, der einem auf der Zunge zergeht: »Sie lächelte, und der Hauptmann erwiderte ihr Lächeln, und fast scheu griff er nach ihrer Hand, die sie ihm nicht mehr entzog.«

Pfefferkäse oder der scharfe Abschluß: »Kaum hatte sich der Oberleutnant aufseufzend auf dem Beifahrersitz niedergelassen, da schreckte ihn der Ruf der Zentrale wieder hoch: ›Wasserleiche am Fährteich angeschwemmt!‹ Der Oberleutnant starrte durch die Windschutzscheibe. ›Zum Fährhaus!‹«

Stangenkäse (auch Harzer Roller genannt), das ist der billige, ordinäre Beschließer: »Der Genosse Major drückte mir warm die Hand. ›Genosse Unterleutnant, machen Sie weiter so!‹ In diesem Augenblick schwor ich mir, weiter so, jawohl, zu neuen Erfolgen!«

Und schließlich Camembert, das mildkremige Happy-End: »Nachdem der Täter ein umfassendes Geständnis abgelegt hatte, blickte Hauptmann Pflaumbaum vor sich hin und sagte versonnen zum Genossen Unterleutnant: ›Erneut, Genosse Unterleutnant, können wir mit Stolz sagen, wir sind einer Welt ohne Verbrechen wieder einen Schritt näher gekommen!‹«

Für den französischen Koch ist Käse Weltanschauung.

Eifern Sie ihm darin nach.

KÄSE
EMMEN-
TALER
GW-19-31
FÄHRHAUS

DIVERSES

Tomatensaft mit Eigelb und Pfeffer

Katertrunk

Wer zehn Schnäpse und zwanzig Biere zu sich genommen hat, wacht am nächsten Morgen womöglich mit einem Kater auf. Da hilft meist ein Katertrunk: Tomatensaft mit Eigelb und Pfeffer und Salz.

Der Detektiv, der dreißig Tage lang den Täter verfolgt und ihn schließlich gestellt hat, müßte eigentlich glücklich sein.

Nicht aber im Kriminalroman.

Vermeiden Sie um jeden Preis, Ihren Helden über sein Jagdopfer triumphieren zu lassen. Die Jäger freuen sich auch nur heimlich, nach außen tun sie melancholisch angesichts des zur Strecke gebrachten Wildes. Sie stecken den toten Rehen sogar noch grüne Zweige ins Geäse. Das nennen sie Hochachtung vor ihrem Opfer.

Verfahren Sie ähnlich mit Ihrem Detektiv. Freude über den Erfolg darf er nicht zeigen. Jeder würde sagen, so ein überheblicher Bursche! Lassen Sie den Detektiv nach eingetretenem Erfolg in Katerstimmung geraten. »Glück habe ich gehabt. Aber glücklich bin ich nicht. Der Mörder ist doch auch nur ein Mensch. Ein ganz armer Mensch!«

Solche Katerstimmung macht den Kriminalisten groß und souverän und menschlich, und der Leser ist gerührt.

Pistazien

Wissen Sie, was Pistazien sind?

So eine Art Nüsse. Eines der neuesten Kochbücher unseres Landes empfiehlt Pistazien für einen Abend mit Freunden.

Freunde habe ich.

Woher nehme ich Pistazien?

Das verrät das Kochbuch nicht. So bleiben Pistazien für mich etwas Fremdes, Exotisches.

Und Sie sollten daraus lernen, auch im Krimi Befremdliches anzubieten. Ihre Freunde am Abend werden es Ihnen danken.

Befremdliches beispielsweise sind die tieferen Abgründe der menschlichen Seele. Steigen Sie tapfer hinunter, aber seilen Sie sich an. Sie wollen doch wieder zurück.

So unbekannt dem Normalverbraucher Pistazien sind, so unvertraut sind dem Leser gewisse krankhafte Seelenzustände Ihres Täters.

Das fasziniert.

Eines der beliebtesten Psycho-Rezepte: an allem sind die Eltern schuld. Befürchten Sie nicht, Sie müßten darlegen, wie die richtige Erziehung aussieht. Das überlassen Sie lieber den dafür zuständigen Leuten. Der Kriminalautor stellt nur die Folgen falscher Erziehung dar.

Und was ist falsche Erziehung? Höchst einfach: was üble Folgen hat. Das wollen Sie zeigen. Sie haben dabei zwei Standardmöglichkeiten: zu harte oder zu weiche Erziehung. Das Ergebnis autoritärer Erziehung ist ein hartgesottener Bösewicht. Und das Produkt der Verweichlichung: ein Waschlappen, der jeder kriminellen Verführung unterliegt.

Gehen Sie auch – das wird langsam wieder modern – bei Sigmund Freud in die Schule. Lernen Sie, Ihren Täter tiefenpsychologisch zu entlarven, beispielsweise durch eine sogenannte Fehlleistung. Verdächtigt, seine Frau ermordet und beseitigt zu haben, leugnet der Täter hartnäckig und beteuert, wie sehr er seine Frau geachtet habe: »Wirklich, ich habe Marion aus ganzem Herzen geachtelt!« Des Täters Versprecher offen-

bart die Tat und was danach geschah auf eine sehr anschauliche Weise.

Ein moderner Kriminalkoch bedient sich auch gewisser Phobien. Phobien sind Ängste vor irgendetwas. Ihre Täterin leidet beispielsweise an Magersucht. Das ist Angst vor dem Dickwerden. Ihre Freundin aber stopft unbekümmert Butterkremtorte in sich hinein. Ist das etwa kein Grund zu einem Haßausbruch, der mit einem Mordversuch endet?

Ein zeitgemäßes psychologisches Zauberwort ist der Frust. Frustration heißt, von irgend etwas enttäuscht zu sein. Von irgend etwas sind wir ja alle enttäuscht. Und werden dann aggressiv. Das ist normal. Das ist gut. Schlecht ist, wenn man die Enttäuschung in sich hineinfrißt. Dann staut sie sich und macht sich in einer Affekthandlung Luft,

beispielsweise in einem Totschlag. Also schauen Sie sich nach Frustrationen um. Frustriert ist der Assistent, wenn er nicht zum Oberassistenten befördert wurde. Frustriert der Neuerer, dessen Vorschlag im Papierkorb landete. Der Facharbeiter, der seit einem halben Jahr den Hof kehren muß. Die Ehefrau, der ihr Mann weniger beiwohnt, als sie es in den Flitterwochen erhofft hatte.

Ein fruchtbares Feld, die Frustration.

Verzicht auf Pistazien wäre wirklich ein Verlust.

Bratpfanne oder Reagenzglas?

Der qualifizierte Koch kocht qualifiziert.

Er bereitet den Tee nicht im Metallgefäß, Makkaroni kocht er nicht auf der Bratpfanne, Schnitzel brät er nicht im Kochtopf.

Jeder Speise ihr Gefäß.

Jeder Tat ihr entsprechender Tat-Ort.

Besonders wirkungsvoll sind romantische Tat-Orte. Dazu gehören alle möglichen Gewässer: Weiher, Teiche, Seen, Moore.

Hierbei haben Sie die Wahl zwischen zwei Methoden.

MO-
WEI
?

Die Mo-Mo-Methode (Mord im Moor) bezieht ihre unheimliche Wirkung aus der Ähnlichkeit zwischen Tat und Tat-Ort: ein düsterer Mord an düsterem Ort.

Die Mo-Wei-Methode (Mord im Weiher) bezieht ihre noch unheimlichere Wirkung aus dem Gegensatz zwischen Tat und Tat-Ort: ein grauser Mord im seerosengeschmückten Weiher.

Auch höhlenartige Räume wie Bergwerke, Zentralheizungsöfen und Neubau-Schlafzimmer sind beliebte Tat-Orte. Ein Kriminalkoch aus Oxford ließ sein Opfer im Kessel einer Bierbrauerei enden. Ich habe ihn allerdings im Verdacht, Abstinenzler zu sein und einem das Bier verleiden zu wollen.

Merke deshalb: bei höhlenartigen Tat-Orten gibt es Grenzen des Geschmacks! Den Suppenkessel in einer Großküche würde ich deshalb grundsätzlich aus dem Spiel lassen.

Der qualifizierte Koch kocht qualifiziert. Der hochqualifizierte Koch kocht dementsprechend hochqualifiziert. Er hält sich nicht mehr an Regeln. Er arbeitet so individuell, daß er Nudelsuppe im Reagenzglas kocht. Als hochqualifizierter Kriminalkoch wählen Sie also auch einen inadäquaten Tat-Ort. Lassen Sie dort morden, wo man eine solche Tätigkeit nicht ohne weiteres vermutet.

Beispielsweise in einer Klinik. In die Klinik geht man gewöhnlich, um sich sein Leben verlängern zu lassen. Im Krimi wird es dort gerade verkürzt. Shocking!

Oder ein Mord im Theater. Ins Theater geht man, um sich durch Kunst erheben zu lassen. Im Krimi wird dort die Kunst ausgeübt, einen Menschen niederzumachen. Abermals Shocking!

Erst der inadäquate Tat-Ort macht Sie zum hochqualifizierten individualistischen Kriminalkoch.

Salz, Chili, Paprika u. a. m.

Ein guter Koch, so habe ich mal gehört, sei sparsam mit den Gewürzen.

Glauben Sie nicht solchen Unsinn! Sie kochen ja schließlich nicht für Feinschmecker. Ihre Kriminalgerichte wollen verschlungen werden, da müssen Sie schon kräftig würzen!

Also sparen Sie nicht mit Pfeffer, bis die Tränen kommen! Salz pfundweise! Und kräftig Paprika. Peperoni, daß einem der Atem stockt. Und Chili, bis sich der Magen umdreht.

Was das Salz in der Suppe, das ist beim Krimi der Titel. So sind wir am Schluß wieder beim Anfang angelangt.

Der Titel ist das wichtigste Gewürz.

Stellen Sie sich zu diesem Zweck eine kleine Gewürzsammlung her, aus Reizworten.

Reizworte sind beispielsweise solche Wörter wie Mord, Schritte, Nacht, Angst, Nebel, Schrei.

Die kombinieren Sie nun beliebig, und Sie bekommen reizende Titel: »Mord im Nebel«, »Der Angstmord«, »In jener Mordnacht«, »Angst im Nebel«, »Nebel der Angst«, »Schreie im Nebel«, »Schritte in der Nebel-Nacht«, »Ein Schritt in den Mord«, »Die Nacht der Ängste«.

Ruft nicht jeder dieser Titel bereits ein Nebel- oder Nachtgefühl hervor?

Sie sollten sich auch über die Rolle magischer Zahlen Rechenschaft geben. Vorrangig sind die Drei, die Sieben, die Dreizehn: »Drei gelbe Narzissen«, »Sieben Tote hat die Woche«, »Parkstraße 13«.

Man kann auch bekannte Titel schöpferisch verändern, zum Beispiel Pirandellos »Fünf Personen suchen einen Autor« in »Fünf Tote suchen einen Mörder«. Aus Dürrenmatts »Besuch der alten Dame« machen Sie »Der Fluch der alten Dame«, und aus Schillers »Kabale und Liebe« wird »Kabale der Triebe«, und ein Mord, der sich schließlich nur als Unfall herausstellt, erlaubt den Titel »Kein Mord. Nirgends«.

Schrecken Sie auch vor Fragen nicht zurück. Sie müssen sie ja im Roman nicht unbedingt beantworten: »Warum schweigt Eduard?« oder »Wer sah Monika?« Der Leser fühlt sich da ganz persönlich angesprochen und entwickelt den seltsamen Ehrgeiz, Monika gesehen zu haben.

Nebel
13
FLUCH

Eine bewährte Methode, die zudem die Forderung nach Volksverbundenheit erfüllt, ist die Abwandlung von Sprichwörtern: »Mord hat Gold im Munde« oder »Gift geht durch den Magen«. »Leben und sterben lassen«. »Mord macht müde Männer munter« klingt modern und volkstümlich zugleich.

Man kann auch ganz schlicht selbst erkannte Weisheiten zu einem Titel ummünzen wie etwa: »Schau unters Bett, bevor du schläfst« oder »Jeder Träumer muß erwachen«.

Verblüffen Sie den Leser auch durch Tatsachen, die er zwar kennt, über die er sträflicherweise noch nie nachgedacht hat, zum Beispiel, was ein Toter alles nicht mehr tun kann. Der Standardtitel hieße etwa »Tote reden nicht«. Danach können Sie ein halbes Dutzend Titel erfinden: Tote lachen nicht, weinen nicht, erben nicht, sterben nicht. Letzteres ist natürlich Unsinn, aber enthält eine nachdenkenswerte Pointe.

Reichhaltig, wie die ganze Tierwelt nun einmal ist, läßt sich mit ihr bereits im Titel eine tiefe Symbolik ausdrücken: »Ratten«, »Die schwarze Katze«, »Im Spinnennetz«, »Die Leopardenkralle«, »Skorpion im Bett«, »Stunde der Fledermaus«, »Die Rache des Chamäleons«, »Vipern«, »Aasgeier«. Die einschlägigen Werke der Zoologie geben Ihnen weitere Anregungen.

Da wir gerade bei der Symbolik sind – lassen Sie es sich nachdrücklichst gesagt sein: Wie das Gewürz noch dem fadesten Gericht einen pikanten Reiz verleiht, können sie auch das geschmackloseste Kriminalgericht durch einen tiefsinnigen Titel aufwerten. Der Leser darf dann vermuten, katastrophale Vorgänge erleben zu können.

Schauen Sie sich zu diesem Behuf in der Natur um. Besonders die unangenehmen Naturerscheinungen verhelfen Ihnen zu vielsagenden Titeln, die stets elementare Spannungen in den zwischenmenschlichen Beziehungen Ihrer Figuren ahnen lassen: »Wetterleuchten am Horizont«, »Wirbelsturm«, »Eiszeit der Gefühle«, »Nachtfrost«, »Der Mehltau der Angst«, »Lawinen des Hasses«, »Luftverschmutzung«, »Fäulniserreger

am Werk« (oder die Variante »Fäulniserreger im Werk«), »Temperatursturz der Liebe«, »Die Wüste in uns«, »Brandung der Gewalt«. Die Möglichkeit zur Variation ist unerschöpflich wie die Natur selbst!

Auch die Anatomie liefert Ihnen manchen Titel, mit dessen Hilfe Sie den pathologischen Charakter Ihrer Untäter und ihrer Konflikte bereits vorwegnehmen können: »Herzversagen«, »Embolie«, »Karzinom«, »Adernverödung«, »Kreislaufstörung«. Erscheinen Ihnen diese symbolträchtigen Titel zu lapidar, können Sie sie etwas auflockern: »Der Mann ohne Rückgrat«, »Die Frau mit dem Fettherz«, »Das Mädchen und sein Silberblick«.

Das zunehmende Interesse unserer Menschen an der Technik sollte auch den Titeln Ihrer Kriminalgerichte zugute kommen. Jeder, der ein Auto sein eigen nennt, weiß, wie schlimm eine Panne (genauer gesagt, eine Ausfallserscheinung) ist, nämlich ein kleiner Weltuntergang. Der Kriminalroman ist ein Roman über moralische Ausfallserscheinungen. Und diese lassen sich am sinnfälligsten durch entsprechende technische Ausfallserscheinungen kennzeichnen. Sie erhalten dann so ausdrucksstarke Titel wie »Fehlzündung der Vernunft«, »Kurzschluß« »Filmriß«, »Achsenbruch«, »Schwelbrand des Vertrauens«, »Blokkierte Bremsen«, »Motorschaden«, »Fehlsteuerung der Triebe«.

Sie haben verstanden. Das richtige und kräftige Gewürz ist bereits der halbe Kriminalroman. Ich halte mich für einen Meister im Würzen und hoffe, Sie lernen von mir.

DER OFEN IST AUS

Der Ofen ist aus.

Wir sind am Ende.

Das heißt, ich, Ihr kulinarischer Berater, bin am Ende meiner Unterweisung angelangt. Es gibt kein Kochbuch auf der ganzen Welt, das alle Kochrezepte enthielte. Und kein Mentor wird seine Weisheit bis aufs letzte vor seinen Schülern ausbreiten. Das wäre äußerst töricht und höchst unpädagogisch. Er muß die Lehrlinge vielmehr in die Lage versetzen, das Gelernte selbständig zu verarbeiten.

Wenn Sie also, lieber Leser und künftiger Kriminalkoch, mit dem gebotenen Ernst meine Rezepturen studiert haben, wird es Ihnen auch nicht schwerfallen, sie anzuwenden und schöpferisch weiterzuentwickeln.

Ist Ihnen das gelungen, dann laden Sie ruhig einmal Ihren alten Lehrer in Ihre Küche ein. Ich werde dann Ihr Kriminalgericht aufmerksam verkosten. Entspricht es meinen Erwartungen, werde ich Sie umgehend zum Diplom-Kriminalkoch ernennen.

30
59
29
23
10
47
16
25
52
13
19
32
32
55
50
8
10
29

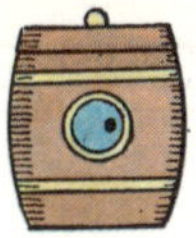

VERZEICHNIS DER GERICHTE

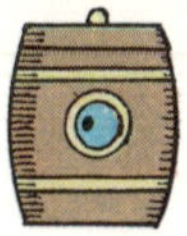

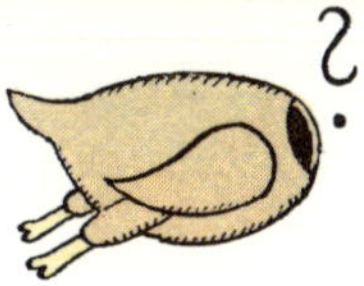

NOTIZEN

ISBN 3-360-00046-3

2. Auflage

Lizenz-Nr.: 409-160/275/89 · LSV 7004
Buchgestaltung: Detlef Ringer
Printed in the German Democratic Republic
Gesamtherstellung: Sachsendruck Plauen
622 715 5

01080